# MiniConejo
# NO SE HA PERDIDO

PARA
EVIE
Y
OTTO

Traducido por Elena Gallo Krahe

Título original: *MiniRabbit Not Lost*
Publicado por primera vez por la editorial
HarperCollins Publishers Ltd, Gran Bretaña, en 2018

© Del texto y las ilustraciones: John Bond
El autor alega su derecho moral a ser identificado como el autor de esta obra
© De esta edición: Grupo Editorial Luis Vives, 2018
Traducido bajo licencia de HarperCollinsPublishers Ltd.

ISBN: 978-84-140-1698-5
Depósito legal: Z 1097-2018

Impreso en China

# MiniConejo
# NO SE HA PERDIDO

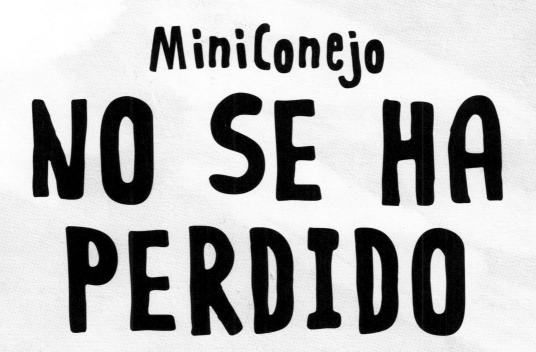

## JOHN BOND

EDELVIVES

MiniConejo y MamáConejo
están haciendo una tarta.

A MiniConejo le encanta la tarta.

¡Tartaaaaa!

¡Oh, vaya! Parece que no les quedan frutas del bosque.

Sin frutas del bosque
no hay tarta.

¿No hay tarta?

¡Ni hablar!
Me voy a buscar frutas del bosque.
Lo que sea por la tarta.

¡Espera, MiniConejo!
Hay algunas frutas
del bosque bajo el...

Demasiado tarde.
MiniConejo se ha ido.

Voy a encontrar frutas del bosque.

Oh, oh. Parece que MiniConejo
se ha perdido.

Hola, MiniConejo.
¿Adónde vas?
¿Te puedo ayudar?

No, gracias.
No necesito ayuda.
Voy por frutas del bosque
para una tarta.

¡Tarta!

¡Tarta!

¡Tarta!

¿Adónde irá MiniConejo ahora?

Voy a encontrar frutas del bosque.

Tal vez este señor pueda ayudar a MiniConejo
a encontrar frutas del bosque.

EO-63

Hola, MiniConejo.
Hace bastante frío.
¿No necesitas tu abrigo?

No, no.
No tengo frío.
Voy por frutas del bosque
para hacer una tarta.

Como era de esperar, MiniConejo se ha perdido.

¡Y este sitio parece muy peligroso!

MiniConejo, ¡DETENTE!
Eres demasiado pequeño
para bajar por ahí,
¿no crees?

No, no.
No soy demasiado pequeño.
Voy por frutas del bosque
para una...

¡Tarta!

¡Tarta!

¡Tarta!

Voy por...
FRUTAS DEL BOSQUE.

No parece seguro que MiniConejo encuentre frutas del bosque.

Estás muy lejos
de casa, MiniConejo.
¿No te habrás perdido?

No.
No estoy perdido.
Oh...

¡Creo que sí!

Pobre
MiniConejo.

SNIF
SNIF

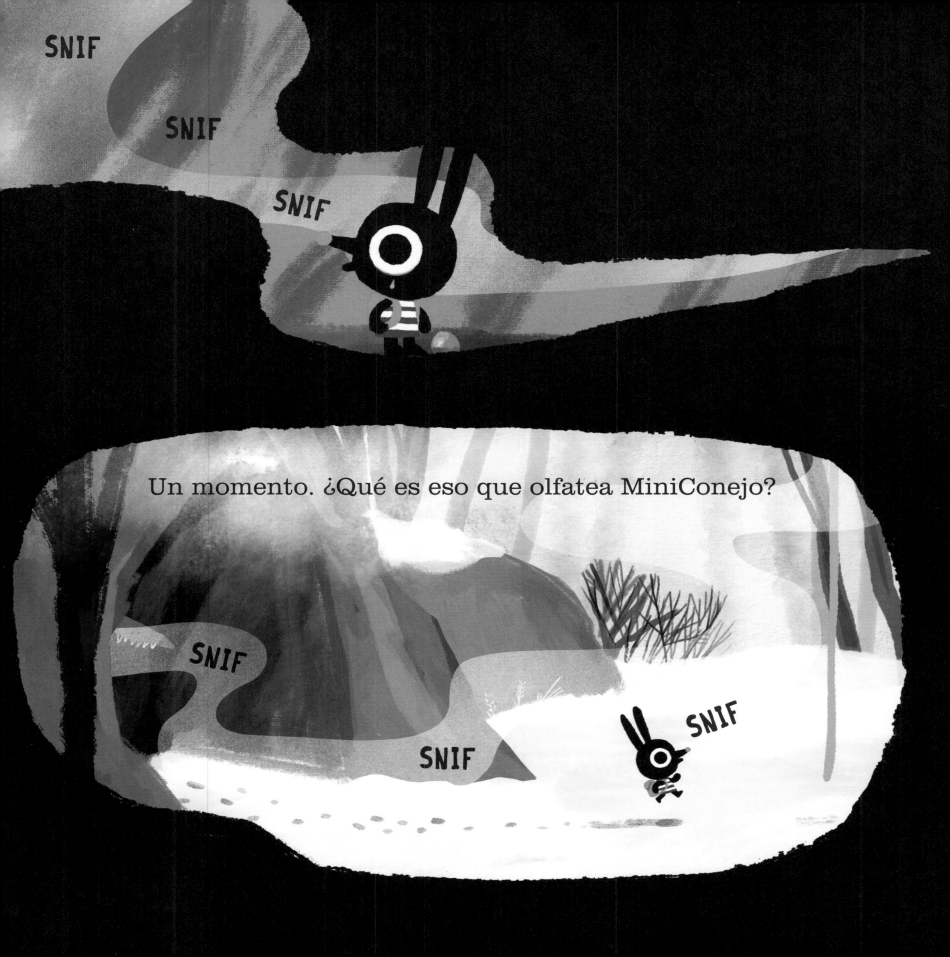

Un momento. ¿Qué es eso que olfatea MiniConejo?

¡Huele a TARTA!

¡Tartaaaa!

¡Por fin encontré
una fruta del bosque!

Tarta,
tarta
de frutas
del bosque...

¡Encontré
una fruta
del bosque!

Ya estoy
cerca...

¡DE CASA!

MamáConejo parece encantada de ver a MiniConejo.

¡Aquí estás!

Encontré una fruta
del bosque.

¡Bravo, MiniConejo!

Entonces, ¿quieres
un trozo de tarta?

No, gracias.
¿Hay helado?
Me ENCANTA
el helado.